MARVEL

THOR RAGNAROK

Texte de Jim McCann.

Édité par Hachette Livre.

Traduction : Blandine Longre.
Création graphique : Valérie Gibert et Philippe Sedletzki.

Hachette Livre, 58, rue Jean-Bleuzen, 92178 Vanves Cedex

MARVEL

THOR RAGNAROK

hachette
JEUNESSE

THOR

Lorsqu'un mal ancien caché depuis une éternité est libéré de ses chaînes, Thor, le prince d'Asgard, se retrouve au milieu d'un grand chaos. Arraché à sa terre natale et délesté de ses pouvoirs, le seul espoir de Thor est de rassembler son courage et de se battre contre des ennemis plus forts que lui. Son royaume et son peuple ont besoin de lui !

HULK

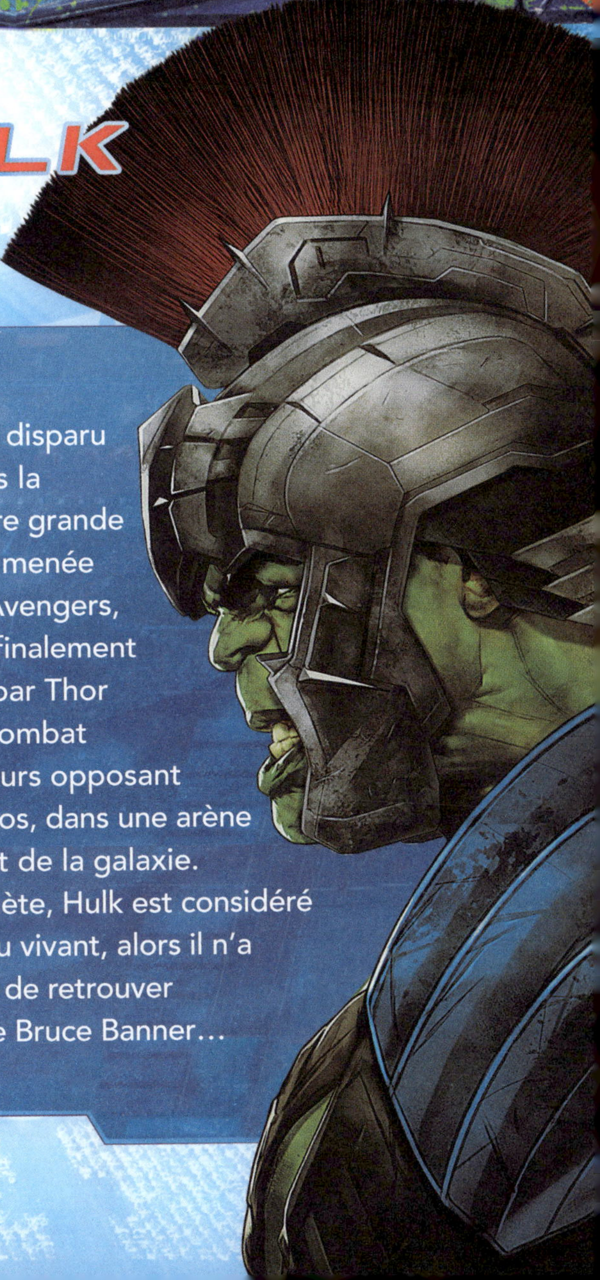

Porté disparu depuis la dernière grande bataille menée par les Avengers, Hulk est finalement retrouvé par Thor lors d'un combat de gladiateurs opposant les deux héros, dans une arène à l'autre bout de la galaxie. Sur cette planète, Hulk est considéré comme un dieu vivant, alors il n'a aucune envie de retrouver l'identité de Bruce Banner…

LOKI

Loki prend l'apparence de son père, Odin, afin de diriger le royaume d'Asgard. Cependant, lorsque les vieux démons du grand Odin remontent à la surface, mettant en danger son peuple et la planète d'Asgard même, Loki doit prendre son courage à deux mains et mener le plus grand combat de sa vie.

SCRAPPER 142

Après une tragédie qui a laissé
sa vie en lambeaux, la Valkyrie
a disparu dans un coin de la galaxie
où elle pouvait oublier son passé.
Mais aujourd'hui, elle doit
mettre son histoire de côté
et se joindre à Thor et Hulk
pour sauver Asgard
dans son heure
la plus sombre.

CHAPITRE 1

D'abord, la chaleur. C'est la première chose dont Thor prend conscience. Elle se répand de toutes parts. Il entend le crépitement des flammes, sent une odeur de soufre et de fumée qui plane dans l'air.

Ensuite, sa respiration. Tout en essayant de retrouver ses repères, le dieu d'Asgard inspire profondément à plusieurs reprises. À chaque expiration, son souffle lui revient en pleine figure : il comprend qu'il est enfermé dans un espace restreint.

Enfin, les chaînes. De lourdes chaînes de fer qui retiennent son corps. Il se rend alors compte qu'il est suspendu à l'intérieur d'une sorte de cercueil en bois, la tête en bas. C'est tout ce qui semble le séparer du feu qui fait rage autour de lui.

À dire vrai, Thor a connu des jours meilleurs.

Il bande légèrement ses muscles afin de tester la solidité de ses liens. Ceux-ci ne bougent pas. Après avoir avalé une bouffée brûlante, le prince d'Asgard fait une autre tentative en forçant davantage sur ses chaînes : il les sent céder doucement... puis elles volent bruyamment en éclat, emportant les planches du cercueil sur leur passage.

Thor virevolte dans les airs et atterrit à pieds joints sur le sol. Il est libre ! Du moins, c'est ce qu'il croit...

D'un geste de la main, il rejette vers l'arrière sa longue chevelure blonde, aussi hirsute que sa barbe. Il regarde autour de lui et découvre une immense caverne. Des stalactites et des stalagmites de pierre surgissent du sol et du plafond. Des formes enflammées se contorsionnent à la surface des parois, comme enfermées dans la roche.

Suis-je à Muspelheim ?

Ses soupçons se confirment lorsqu'il aperçoit un large trône au centre de la grotte. Une silhouette squelettique menaçante est assise sur le siège de bois sombre.

– Montre-toi, démon ! crie Thor. Je me suis libéré et je veux maintenant m'entretenir avec mon ravisseur !

Ses paroles résonnent à travers la caverne. Les orbites vides du squelette restent braquées sur lui.

Aucune réponse.

L'instant d'après, une puissante rafale de vent se précipite vers le personnage installé sur le trône. Peu à peu, des flammes illuminent les os de la créature, à présent enveloppée d'un halo de feu.

– Le fils d'Odin souhaite donc me rencontrer ? mugit une voix qui sort du squelette.

– Voilà qui est mieux, marmonne Thor.

– Tu t'es peut-être échappé de ta prison, mais tu ne quitteras jamais Muspelheim vivant, ricane le squelette.

– Je ne devrais pas avoir de mal à me débarrasser d'un sac d'os comme toi ! affirme le prince d'Asgard.

Au même moment, la caverne entière s'éclaire d'une lumière vive : le squelette s'enflamme et se met à grossir, se transformant en une terrifiante créature de feu. Celle-ci se penche en avant, ouvre grand ses mâchoires et scrute Thor en s'esclaffant d'un rire maléfique.

Le prince d'Asgard reconnaît alors son adversaire.

– Te voilà enfin, Surtur. Tu as belle allure ! ironise-t-il.

– Tu oses te moquer de moi dans mon propre royaume ? répond l'intéressé, furieux.

Pareil à un géant de flammes, il se dresse au-dessus de Thor.

– J'avais l'intention de te conduire jusqu'à Asgard et j'espérais te ramener vivant... mais ça n'a plus d'importance. Avec ou sans toi, je récupérerai les Flammes Éternelles qu'Odin m'a volées il y a des siècles !

– Même si je ne suis pas retourné à Asgard depuis quelque temps, ça m'étonnerait que mon père accepte de conclure un tel marché avec toi. Ces Flammes sont profondément enfouies, afin de protéger les Neuf Royaumes, ajoute Thor en esquissant un sourire.

– Pourquoi te réjouis-tu, Thor Odinson ? gronde Surtur. Tu n'as aucun espoir de t'échapper.

De légers coups commencent à retentir d'un bout à l'autre de la caverne, puis prennent de l'ampleur. La créature lance des regards surpris autour d'elle.

– Quel est ce bruit ? s'inquiète-t-elle.

– C'est celui de l'espoir ! s'exclame Thor, dont le sourire s'est élargi.

Le sol s'ouvre devant lui et son fidèle marteau, Mjolnir, est projeté jusqu'à sa main tendue.

– Tu souhaites te rendre à Asgard, démon ? Je t'y emmènerai moi-même !

Marteau au poing, Thor fléchit ses jambes musclées et bondit vers l'ennemi.

– Inutile que tu viennes en entier, précise le dieu. Ton crâne suffira !

D'un mouvement fluide, il abat Mjolnir sur la mâchoire de Surtur, qui bascule en arrière.

Thor atterrit adroitement sur le sol et se prépare à un nouvel assaut. Le démon mugit de rage, et des flammes s'élèvent lentement autour de lui. Puis, de sa main squelettique, il propulse un rideau de feu en direction du prince d'Asgard. Celui-ci fait tournoyer son marteau de plus en plus vite pour soulever des bourrasques et former un dôme protecteur autour de lui. Surtur, dont les flammes ont été repoussées, tente d'envoyer une boule de feu sur son adversaire, mais le tourbillon qui l'enveloppe l'éteint aussitôt.

Sans prévenir, Thor s'élance vers le seigneur de Muspelheim et, à la dernière seconde, se faufile entre ses jambes. D'un coup de marteau, il cogne les genoux du démon, qui s'écroule en hurlant.

– La prochaine fois que tu voudras te rendre à Asgard, ne t'avise pas de te servir du dieu du Tonnerre pour négocier avec Odin.

À ces mots, Thor brandit Mjolnir et l'air autour de lui se met à grésiller. Un magnifique éclair zèbre alors le plafond de la caverne et vient frapper la poitrine du démon, qui lâche un cri de douleur. Thor s'élève au-dessus de lui, sur le point de délivrer le coup fatal, quand il aperçoit du coin de l'œil un étrange phénomène : des dizaines de paires d'yeux clignotent sur les parois de pierre... Les flammes qui paraissaient enfermées à l'intérieur des murs prennent soudain vie, et des démons de feu humanoïdes surgissent dans la grotte !

Un piaillement résonne tout autour de Thor : des créatures enflammées descendent également du plafond, tandis que d'autres émergent du sol. Alors qu'elles tentent de s'agripper aux chevilles du prince d'Asgard, leur chaleur l'enveloppe.

Le fils d'Odin se ressaisit et fait face à ses ennemis, pourtant trop nombreux pour lui.

– Votre roi a été vaincu et vous, ses serviteurs, vous voulez reprendre le combat là où il l'a abandonné ? Désolé, j'en ai assez de ce petit jeu !

Il lève la tête et lance en direction des cieux :

– Heimdall, le Bifrost, s'il te plaît !

Thor s'attend à voir apparaître au-dessus de lui le pont Arc-en-ciel lumineux – le portail cosmique capable de le transporter jusqu'à Asgard. Cependant, à son grand étonnement, rien ne se passe.

– Heimdall ! Heimdall ?! répète-t-il avec l'espoir que le gardien du Bifrost finira bien par l'entendre.

Mais avant que Thor n'ait le temps de réagir, les démons de feu se précipitent sur lui avec des gloussements de triomphe. Submergé par les créatures, le fils d'Odin continue de hurler le nom de son ami, et l'écho de sa voix se répercute contre les parois du repaire de Surtur.

Cette fois encore, ses appels restent sans réponse.

Une énergie cosmique entoure le pont Arc-en-ciel du Bifrost d'une lumière éblouissante. Ce portail, qui relie entre eux chacun des Neuf Royaumes, jaillit d'un observatoire au toit en forme de dôme, et se dresse sur un plateau rocheux situé à l'entrée d'Asgard. Le pont sort d'une gigantesque ouverture qu'Heimdall l'omniscient contrôle grâce à une épée placée au centre du dôme.

Mais l'épée n'est plus à sa place habituelle. Et le gardien du Bifrost a disparu.

L'éclat lumineux qui scintille au milieu de l'observatoire indique que quelqu'un appelle Heimdall à l'aide. D'ordinaire, celui-ci a pour mission d'activer les propriétés magiques du Bifrost afin de transporter jusqu'à Asgard ceux qui le souhaitent.

– Cette épée est l'un des objets les plus puissants de tous les royaumes, et c'est à *moi* qu'Odin l'a confiée, déclare une voix devant le dôme.

Celle-ci n'appartient cependant pas au gardien du Bifrost, mais à un individu chauve au sourire ironique qui s'adresse à deux Asgardiennes.

– « Skurge », m'a dit Odin, « tu seras beaucoup plus apte à garder l'entrée d'Asgard que ce traître de Heimdall », se vante l'homme. Ensuite, le roi m'a remis cette épée, ajoute-t-il, l'arme à la main.

– Tu dois être très courageux pour qu'on te charge d'une telle responsabilité, répond l'une des Asgardiennes.

– C'est vrai, j'ai pris part à de terrifiantes batailles, reprend Skurge, visiblement content d'avoir réussi à l'impressionner.

Les bêtes de Vanaheim étaient dotées de quatre têtes chacune. Et pourtant, je les ai combattues sans hésiter. C'est sans doute pour cette raison qu'Odin m'a récompensé. Venez, je vais vous montrer une vue incroyable.

Skurge et les deux femmes s'éloignent du dôme. Aucun d'eux n'a remarqué l'éclat lumineux qui palpite sans relâche au centre de l'observatoire.

À Muspelheim, alors que des dizaines de créatures de feu continuent de submerger Thor, Surtur se remet peu à peu de l'éclair qui l'a frappé à la poitrine et se relève dans un cri de triomphe. Au même instant, plusieurs de ses démons sont violemment éjectés de la pile qui recouvre le fils d'Odin.

Sans prévenir, Mjolnir surgit de la masse. Il voltige à travers la caverne en rebondissant sur les parois et le plafond, et fauche les démons les uns après les autres. Le seigneur de Muspelheim assiste à ce spectacle, horrifié : la victoire risque encore une fois de lui échapper ! Il se penche vivement afin d'éviter le marteau, qui revient vers lui. Puis le dieu du Tonnerre se redresse et saisit au vol le manche de son arme.

– Ma visite dans ton royaume touche à sa fin, Surtur, annonce Thor. Je préfère des climats plus doux !

Il fait tournoyer Mjolnir, qui le soulève dans les airs et transperce le plafond de pierre.

À peine à l'extérieur de la grotte, Thor tente de nouveau d'appeler Heimdall, sans obtenir de réponse. C'est étrange. D'habitude, le gardien du Bifrost lui procure toujours le moyen de rentrer à Asgard.

Soudain, un grondement interrompt ses pensées. Est-ce le pont Arc-en-ciel qui s'ouvre enfin ? Il se retourne, mais ce qu'il voit n'est pas un rayon d'énergie cosmique descendu du ciel pour l'envelopper et le ramener chez lui... C'est un immense dragon d'une longueur de près de trente mètres ! La bête pousse un rugissement, et un torrent de flammes jaillit de sa gueule.

Thor s'écarte d'un bond afin de l'éviter, puis brandit Mjolnir, qui le propulse vers le ciel. Mais le dragon, qui n'a pas dit son dernier mot, s'élance à sa poursuite. Le fils d'Odin est obligé de se faufiler entre les langues de feu que la bête ne cesse de projeter dans sa direction.

Thor fait volte-face et part à la charge. L'ennemi, qui ne s'y attendait pas, n'a pas le temps d'esquiver le premier coup de marteau et bascule en arrière. Tandis qu'il chute vers le sol de Muspelheim, le dieu d'Asgard continue de le cogner sans répit. Lorsque le dragon s'écrase, Thor se dresse au-dessus de lui.

– Seuls ceux qui en sont dignes peuvent soulever le marteau Mjolnir, créature du démon ! déclare Thor.

Il lâche son arme sur le crâne du dragon, qui se débat sans parvenir à relever la tête.

– Et visiblement, ce n'est pas ton cas.

Le prince d'Asgard reporte son attention vers les cieux.

– Heimdall, le Bifrost ! appelle-t-il. Je n'ai plus rien à faire dans cet endroit.

Il attend la réponse du gardien du pont Arc-en-ciel sans remarquer la queue du dragon qui fouette l'air...

– Merci, Skurge, c'était une vue splendide, dit l'une des Asgardiennes, tandis qu'ils pénètrent à nouveau sous le dôme de l'observatoire.

– Est-ce normal ? demande soudain sa compagne, le doigt pointé sur la lumière palpitante.

L'homme blêmit.

– Euh... oui... bien sûr... bafouille-t-il en cherchant des yeux l'épée qu'il a posée dans un coin. Ah, la voici ! Vous allez voir le Bifrost en action !

Il s'empare de l'arme et la replace au centre de l'éclat lumineux, qui commence à tourbillonner en se gorgeant d'énergie.

La queue du dragon heurte brutalement les jambes de Thor, qui s'écroule à genoux. Son visage se retrouve à la hauteur de la gueule de la bête, sur le point de cracher une flamme. Sans hésiter, le fils d'Odin s'empare de son marteau et s'élève dans les airs avant que le dragon n'ait le temps de le calciner.

Mais la créature, maintenant libérée du poids de Mjolnir, le prend en chasse. Au même moment, le tourbillon familier du Bifrost apparaît devant Thor, qui accélère l'allure, le dragon sur ses talons. À peine le portail s'est-il ouvert que le prince d'Asgard y pénètre à toute vitesse, suivi de près par son adversaire...

– Êtes-vous prêtes à assister à un spectacle exceptionnel ? se vante Skurge.

Les deux Asgardiennes le dévisagent avec admiration. Avant qu'elles puissent répondre, Thor émerge du Bifrost !

– Ferme le portail ! mugit-il en s'immobilisant au centre du dôme. Vite !

Alors même que Skurge obéit, la tête du dragon traverse à son tour le Bifrost. Elle est aussitôt tranchée par le portail qui se rabat sur elle. La tête roule sur le sol de l'observatoire et s'arrête aux pieds des deux femmes, qui s'enfuient en hurlant.

À la vue de l'homme qui se tient devant lui, Thor a le plus grand mal à maîtriser sa colère.

– Qui es-tu ? interroge-t-il, menaçant. Et où est Heimdall ?

Thor est couvert de sang de dragon, et ses vêtements sont à moitié brûlés après son combat contre Surtur et ses démons.

– Je suis... Skurge, bredouille l'intéressé, tout tremblant. Le gardien du... du Bifrost.

– Et tu n'as pas entendu mes appels ? gronde Thor en s'avançant.

– J'étais... occupé ailleurs, explique Skurge, embarrassé.

– Je l'ai constaté. Tu prétends être le gardien : dans ce cas, où est passé Heimdall ?

– Ce traître ? Il a été banni.

– Heimdall, un traître ? s'écrie Thor, stupéfait. C'est impossible ! Qui l'accuse d'une chose pareille ?

– Odin en personne, évidemment ! Et c'est aussi lui qui m'a désigné comme gardien du Bifrost pour me récompenser de...

– Odin ? l'interrompt Thor. Ça m'étonnerait.

Sans un mot de plus, il tourne le dos à l'homme, brandit son marteau et s'envole en direction du palais. Surpris, Skurge court derrière lui avant de glisser dans une flaque de sang de dragon.

– Attends ! hurle-t-il avec inquiétude. Je suis le seul à pouvoir annoncer ton arrivée à Odin ! Ce sont ses ordres !

Mais le prince d'Asgard n'est déjà plus qu'un petit point à l'horizon.

Skurge laisse échapper un gémissement. Pourvu qu'il ne perde pas son travail à cause de cet incident...

CHAPITRE 3

– C'est ainsi que Loki s'est montré plus malin que l'Elfe Noir Malekith et a sauvé Asgard, même s'il lui a fallu sacrifier sa vie. Fin.

Ces mots soulèvent un tonnerre d'applaudissements dans la foule regroupée autour de la scène, sur laquelle se tient un comédien. Celui-ci vient d'achever une pièce de théâtre jouée au centre d'une vaste terrasse, devant un public d'Asgardiens qui l'a écouté avec admiration.

Affalé sur un trône massif, le roi Odin déguste un verre de vin.

– Loki a également détruit l'Éther, mettant un terme à la Convergence, ne l'oublions pas, précise-t-il d'une voix sonore.

Le comédien hoche la tête, mais avant qu'il puisse reprendre la parole, un murmure s'élève parmi les spectateurs. Agacé par cette interruption, Odin se retourne : il voit Thor se frayer un chemin dans la foule et se diriger vers lui.

– Père, je souhaite m'entretenir avec vous, annonce le prince d'Asgard en s'immobilisant à quelques mètres du trône.

– Thor ! Mon fils... commence Odin en se redressant sur son siège. Ton retour inattendu est un... honneur. Tu viens de manquer un merveilleux spectacle portant sur la vie de ton malheureux frère adoptif, Loki.

– J'ai apparemment manqué beaucoup de choses pendant mon absence, réplique Thor en foudroyant son père du regard.

– Tu as raison, acquiesce Odin avant de s'adresser au scribe royal, occupé à prendre des notes. Nous devrions modifier le dénouement de ce récit et mentionner le rôle que Thor a joué au cours de la Grande Bataille. Aimerais-tu consulter ces révisions, mon fils ? ajoute-t-il.

– Non merci, père, j'en ai déjà assez entendu, répond Thor en s'approchant du trône.

Odin agite les mains, et les membres des Einherjar, ses chevaliers d'élite, s'éloignent en compagnie des spectateurs pour que leur roi puisse rester seul avec le prince.

– Cela faisait longtemps que je ne t'avais pas vu, mon fils. Que t'est-il arrivé ? Tu me sembles différent...

– C'est drôle, j'allais vous faire la même remarque, *père*, rétorque Thor avec un sourire sarcastique.

Embarrassé, Odin quitte brusquement son trône.

– Va te changer avant de me retrouver pour dîner, d'accord ? propose-t-il en s'éloignant.

Thor le rejoint d'un bond et se met en travers de son chemin.

– Vous savez, le moment que je préfère dans les voyages, c'est quand je rentre chez moi. C'est comme Mjolnir : peu importe la distance à laquelle je le lance, il revient toujours vers moi, même s'il rencontre un obstacle sur sa route...

Il brandit son marteau – à croire qu'il a l'intention de frapper son père.

– Attends, mon fils... proteste Odin.

Mais le prince d'Asgard fait déjà tournoyer Mjolnir de plus en plus vite.

– Bon, très bien ! s'écrie le roi.

C'est alors qu'Odin disparaît... pour être remplacé par Loki !

Thor le fixe d'un air ébahi.

– J'espérais m'être trompé sur ton compte, mon frère. Comment as-tu échappé à la mort ?

– En évitant de tomber entre ses mains, évidemment, réplique Loki, moqueur.

– Tu es bien le seul à oser tourner en ridicule ton propre sacrifice. Je croyais que tu avais changé, que tu étais devenu quelqu'un de bien…

Thor semble sincèrement ébranlé de découvrir que son frère adoptif n'en a pas terminé avec ses ruses et ses mensonges.

– Et moi, je croyais aux licornes et aux fontaines de limonade, alors qu'elles n'existent pas ! C'est vrai, je t'ai encore une fois dupé, mais peux-tu m'épargner une leçon de morale et en venir à ce que tu meurs d'envie de me dire ? Ensuite, tu pourras aller prendre une douche, conseille Loki en fronçant le nez avec dégoût.

– J'ai failli mourir à cause de l'imbécile que tu as nommé gardien du Bifrost. Où est Heimdall ?

Loki hausse les épaules.

– Là où un roi envoie généralement les traîtres après les avoir relevés de leurs devoirs.

– Et notre père, où est-il ? demande Thor, la mâchoire crispée.

– Justement, là est toute la question, murmure son frère, souriant.

– Ce n'est pas le moment de faire le malin, Loki, s'emporte Thor, les poings serrés. Un sombre péril s'approche d'Asgard, et nous avons besoin d'Odin.

– Vraiment ? Je me débrouille parfaitement depuis que notre père s'est... absenté, déclare Loki, qui semble apprécier son rôle de souverain.

– Conduis-moi jusqu'à lui ou je me ferai un plaisir de présenter Mjolnir à ton crâne, gronde Thor.

– Cette menace devrait suffire à me convaincre, je suppose. Mais je te promets qu'il n'y a rien à craindre. Asgard ne court aucun danger.

Thor s'assombrit.

– Pour nous en assurer, nous devons d'abord retrouver notre père.

Thor et son frère se rendent à l'observatoire pour que le Bifrost les transporte jusqu'au lieu secret où Loki a dissimulé Odin.

Loki s'approche de Skurge.

– Je t'avais pourtant donné l'ordre d'empêcher mon frère de venir ici ! siffle-t-il, furieux, à l'oreille du gardien.

– Je suis désolé, Votre Altesse, murmure Skurge, tremblant. Il y a eu un petit problème…

Il s'interrompt et désigne la tête du dragon posée dans un coin.

– Tu as rapporté un souvenir de tes aventures ? ironise Loki en s'adressant à Thor.

– Oui, j'ai envie de commencer une collection de têtes tranchées. Tu veux devenir mon prochain trophée ?

– Pourquoi tant d'hostilité ? s'étonne Loki. Asgard était beaucoup plus paisible avant que tu ne reviennes...

Il adore mettre son frère en rogne. Mais cette fois, ce dernier hausse les épaules avec indifférence : il a d'autres soucis en tête.

– Hé, Skurp ! appelle Thor.

– Mon nom est Skurge, réplique l'Asgardien, vexé.

– Je crains qu'un péril ne guette Asgard. Pendant notre absence, j'aimerais que tu remplisses ta mission correctement. Voilà pourquoi j'ai décidé de te fournir des renforts.

Thor se tourne vers l'entrée de l'observatoire, où sont campés Volstagg et Fandral, deux de ses plus fidèles amis, loyaux dans la vie comme sur le champ de bataille.

– Des guerriers du Trio palatin ?! s'exclame Skurge, stupéfait. J'ai lutté à vos côtés à Vanaheim ! Votre présence ici est un honneur.

Radieux, il se dirige vers les deux hommes. Volstagg prend un balai et le place fermement dans la main tendue de Skurge.

– Il est temps de faire le ménage, déclare Fandral en désignant la tête du dragon.

À cet instant, un tourbillon apparaît au centre du dôme : le Bifrost est ouvert.

– En route, mon frère, annonce Loki avant de pénétrer dans le portail.

– Ne t'inquiète pas, Odinson, assure Fandral. Nous serons là pour te ramener sain et sauf à Asgard. Même si Volstagg est obligé de s'asseoir sur ce crétin de gardien pour y arriver.

– Nous avons combattu ensemble, bougonne Skurge.

Thor échange une poignée de main avec Fandral, avant de disparaître dans le Bifrost.

Deux rats se glissent dans une cagette de fruits pourris, puis s'enfuient à la vue d'un mendiant à la longue chevelure grise qui vient d'entrer dans la ruelle. Celle-ci donne sur la 37e rue de New York, dans le « quartier des Fleurs » – un endroit qui porte bien mal son nom, à en juger par les passages sombres et abandonnés jonchés de détritus où sont entreposées des bennes à ordures.

L'individu qui a effrayé les rats donne l'impression de ne pas s'être lavé depuis des jours. Il est vêtu de haillons, et un vieux chiffon couvre son œil droit. Il fouille dans une poubelle et en sort un régime de bananes enveloppé dans du plastique. C'est son jour de chance !

Il s'apprête à fourrer sa trouvaille dans l'une de ses larges poches, quand une lumière éblouissante parcourt la ruelle. Il voit alors deux hommes s'approcher de lui. L'un d'eux semble tenir un gros marteau à la main. Le mendiant s'empresse de ramasser un bout de bois, qu'il brandit comme une épée.

– Halte là, infâmes ! J'étais autrefois un valeureux guerrier et je sais encore manier une arme, dit-il en menaçant de son bâton les deux inconnus.

Ceux-ci, étonnés, reculent d'un pas.

Thor lance un regard d'incompréhension à Loki.

– Pourquoi sommes-nous à New York, mon frère ? demande-t-il à voix basse. Et pour quelle raison m'as-tu conduit jusqu'à cette pauvre âme perdue ?

Grâce aux pouvoirs magiques de Loki, les deux Asgardiens sont en apparence habillés comme des Terriens, en pantalon et en chemise. Thor porte même un parapluie, et ses longs cheveux ont été attachés en queue-de-cheval.

Loki fait signe à son frère d'examiner plus attentivement leur « attaquant », qui gesticule en marmonnant. Soudain, Thor le reconnaît : ce n'est pas un vulgaire mendiant, mais Odin, le roi d'Asgard !

– Je ne te le pardonnerai jamais, Loki, siffle Thor en dévisageant son père avec pitié.

Il s'approche du vieil homme et, les bras tendus, tente de l'apaiser.

– Recule ! s'écrie Odin.

– Père, appelle le prince d'Asgard d'une voix nouée par l'émotion. C'est moi, Thor.

Le roi, qui s'apprêtait à abattre son bâton sur lui, interrompt son geste.

– Oui, c'est moi, ton fils, continue Thor. Et lui, c'est Loki.

– Thor... Loki... bredouille confusément Odin, comme s'il fouillait sa mémoire en quête de souvenirs disparus.

– Et toi, tu es Odin, souverain d'Asgard et protecteur des Neuf Royaumes, reprend Thor, en espérant que ces paroles chasseront le brouillard qui enveloppe l'esprit de son père.

Une amnésie probablement provoquée par la magie de Loki, devine-t-il.

– Asgard ? répète le vieil homme. Mon royaume ?

– Oui, père. Je suis venu te chercher pour te ramener chez nous, où tu occuperas de nouveau le trône en tant que souverain légitime d'Asgard.

Odin rejette une mèche de cheveux vers l'arrière et observe Thor d'un air intrigué. Une lueur de compréhension apparaît dans son œil bleu. Il lâche son bâton.

– Thor ? Loki ? Mes fils ! s'exclame-t-il en levant les bras.

Il serre le premier contre lui, tandis que Loki s'écarte, à la fois honteux d'avoir mis

Odin dans une telle situation et stupéfait que celui-ci l'ait appelé « fils ».

Thor enlace délicatement son père. Le souverain d'Asgard, autrefois vigoureux, est maintenant si frêle et affaibli que le prince pourrait le soulever d'une seule main. Et dire que tout cela est la faute de ce fourbe de Loki ! Depuis quand Odin vit-il dans des conditions aussi affreuses ?

– Je n'aurais jamais dû partir, père, dit Thor sur un ton de regret. Nous allons tous les trois rentrer chez nous, *ensemble*, insiste-t-il en jetant un regard méfiant à Loki, pour lui faire comprendre qu'il l'a à l'œil.

Alors que Thor tient encore Odin dans ses bras, un frisson lui parcourt le corps.

– Dis-moi ce qui t'effraie ainsi, mon garçon, demande son père, qui a perçu la peur de son fils.

– Un pressentiment... une obscurité que je n'arrive pas à chasser de mon esprit. Ça fait des mois qu'elle me poursuit à travers les royaumes. Je me suis rendu à Muspelheim en pensant que le démon du feu, Surtur, en était la cause, mais il ne sait rien.

À ces mots, Odin repousse son fils, se prend la tête entre les mains et laisse échapper un cri perçant. Thor a-t-il réveillé dans sa mémoire de douloureux souvenirs, profondément enfouis ? Le cœur plein de rage, il se tourne vers Loki.

– Tu as banni notre père d'Asgard avant de faire de lui un mendiant qui a tout oublié de son identité ! Et désormais, il ne se rappelle même plus les histoires qu'il nous a relatées pour nous avertir des dangers qui nous guettent ! hurle Thor, le visage rouge de colère. Était-ce nécessaire ? Comment as-tu pu agir avec tant de perfidie ?

Loki se contente de hausser les épaules en tâchant de ne pas perdre son sang-froid.

– J'ai agi pour le mieux, du moins en ce qui me concernait, explique-t-il. Tu n'aurais peut-être pas fait la même chose, mais tu ne t'es jamais vraiment intéressé au trône d'Asgard.

– Des histoires... Le trône... murmure Odin en se redressant.

Thor s'approche de lui à la hâte.

– Héla... ajoute le roi.

Comme une ombre, ce mot reste suspendu entre les trois hommes, qui sentent un froid glacial les envahir.

– Héla ? répète Thor. C'est un mythe. On ne la rencontre que dans les légendes destinées à effrayer les enfants.

– Odinson, dit alors le vieil homme.

Le dieu du Tonnerre dévisage son père, qui vient d'employer le nom qui est le sien, mais que lui-même ose rarement prononcer.

– Tu es Odinson, et tu dois retourner à Asgard au plus vite.

– Non, père, vous seul avez le droit de vous asseoir sur le trône. Je ne suis pas roi.

– Il est temps que tu le sois, mon fils, réplique Odin. Cet endroit, Asgard et les Neuf Royaumes, a besoin de toi, Odinson. Asgard a besoin de son roi.

Loki se racle la gorge avant d'intervenir :

– Si je peux me permettre, Asgard prospère sous le règne de son souverain actuel. Je ne vois pas pourquoi...

Thor le fait taire d'un regard sévère, puis s'adresse de nouveau à son père :

– Cette obscurité que j'ai perçue a-t-elle un rapport avec Héla ?

Odin porte la main à son front, comme si cette question le faisait souffrir.

– Je... je ne peux pas... bredouille-t-il. Odinson doit se rendre à Asgard. Si l'obscurité se rapproche, il faut protéger le royaume.

– Dans ce cas, nous le protégerons ensemble, vous et moi, affirme Thor en levant son parapluie.

Il s'en sert pour frapper le sol et, instantanément, Loki et lui retrouvent leurs costumes asgardiens et leurs armures.

– Venez, père, rentrons chez nous.

Il se tourne vers Loki, qui approuve sa décision d'un signe de tête.

– Skurge, le Bifrost, s'il te plaît ! appelle Thor.

L'énergie du pont Arc-en-ciel descend vers les trois hommes et les recouvre aussitôt. Dès qu'ils se volatilisent, des rats sortent de leur cachette et se jettent sur les bananes qu'Odin a laissées derrière lui.

Thor aide Odin à avancer le long du pont Arc-en-ciel, en direction de l'observatoire qui se dresse dans le lointain. Loki marche en tête en essayant de ne pas imaginer le châtiment désagréable que son père et son frère ont l'intention de lui réserver une fois de retour à Asgard. Plongé dans ses pensées, il ne remarque pas le léger tremblement qui fait vaciller le Bifrost.

Est-ce une illusion créée par Loki ? se demande Thor, qui a senti les vibrations sous ses pieds. Avant qu'il puisse interroger son frère, des vrilles noires s'enroulent autour du Bifrost, juste devant lui. Il jette un regard en arrière : d'autres filaments sombres envahissent peu à peu le pont Arc-en-ciel.

– Loki ! prévient Thor.

Trop tard : un tentacule, qui semble recouvrir le pont pour les empêcher d'atteindre leur destination, frappe Loki à la poitrine.

Celui-ci trébuche, puis retrouve son équilibre. La vrille noire s'abat à nouveau sur lui, le visant cette fois à la tête. Elle touche le casque de Loki, qui bascule du Bifrost. Il parvient à s'agripper au rebord du pont, mais ses mains glissent... et il finit par lâcher prise.

– Non ! hurle Thor en voyant son frère chuter dans les ténèbres du cosmos qui enveloppent le Bifrost.

Le prince d'Asgard s'éloigne brièvement d'Odin pour observer le vide. Aucun signe de Loki.

Le pont lumineux recommence à trembler. Thor se retourne, mais il n'a pas le temps de réagir : des vrilles noires se sont déjà emparées du roi.

– Père ! crie Thor.

Ses paroles sont comme avalées par l'obscurité qui couvre le Bifrost.

– Tu es... Odinson... marmonne le vieux guerrier.

Une seconde plus tard, il est entraîné vers les ténèbres, de la même manière que Loki. Dans un rugissement, Thor envoie Mjolnir vers les tentacules, avec l'espoir de les repousser et de libérer Odin. Son fidèle marteau traverse l'obscurité, mais le roi d'Asgard a déjà disparu. Avant que Mjolnir puisse regagner la main de son propriétaire, des vrilles s'emparent de lui et l'engloutissent à son tour.

Thor se retrouve désarmé sur le Bifrost, seul face à la noirceur qui se rapproche inexorablement de lui. Poings serrés, il se met en position d'attaque devant son ennemi invisible.

– Ose donc t'en prendre à moi ! lance-t-il sur un ton de défi.

En guise de réponse, le pont Arc-en-ciel est secoué d'un puissant tremblement, et Thor s'écroule en travers du Bifrost.

L'obscurité qui pourchassait son esprit depuis des mois le submerge. Une dernière vibration ébranle le pont et projette le prince d'Asgard dans le vide. Il chute dans les ténèbres en perdant aussitôt connaissance...

Après avoir activé le Bifrost pour ramener Thor, Fandral et Volstagg ont laissé Skurge seul dans l'observatoire. Le gardien lance un coup d'œil vers le pont Arc-en-ciel. À sa grande surprise, il ne voit personne approcher. Il est sur le point de se retourner quand il distingue, à l'autre bout du Bifrost, une silhouette surgir de vrilles noires... Belle et terrifiante à la fois, la femme s'avance dans sa direction.

Thor ouvre brusquement les yeux. Il se sent plus lourd que d'habitude, et l'air lui paraît épais, poussiéreux. Il n'est ni sur le Bifrost, ni sur Terre, ni à Asgard. Avant même d'avoir découvert son nouvel environnement, il devine qu'il se trouve dans un monde inconnu.

Il s'assoit lentement et regarde autour de lui. Le paysage désolé est jonché de débris de toutes sortes : épaves de vaisseaux, roues, armes brisées et autres détritus empilés partout.

Il lève les yeux et retient une exclamation de surprise : il n'y a ni ciel ni étoiles au-dessus de lui, seulement des centaines de trous de ver, pareils à des portails. De temps en temps, des objets chutent de l'un de ces trous et s'écrasent sur le sol. Puis Thor voit un trou de ver beaucoup plus large que les autres qui s'illumine par instants, comme traversé par un courant électrique.

Alors que le dieu du Tonnerre se relève tant bien que mal, un vaisseau carré se dirige vers lui en planant. Dès qu'il s'approche, il se divise en quatre engins spatiaux plus petits, qui descendent vers Thor pour l'encercler. Il n'a pas le temps de réagir : deux extraterrestres sortent de chacun des engins et braquent leurs armes sur lui.

– Je ne suis pas votre ennemi ! crie Thor, les mains levées.

Sans prêter attention à ses paroles, les extraterrestres tirent. Le corps parcouru de décharges, Thor se retrouve enveloppé dans un filet électrique. Tandis qu'il bascule vers le sol, le prince d'Asgard remarque un vaisseau aux lignes élancées qui flotte au-dessus de ses assaillants. Une trappe s'ouvre et une femme apparaît. Coiffée d'un casque qui dévoile son visage, celle-ci n'a rien d'ordinaire. Elle affiche un grand sourire, se réjouissant visiblement du combat à venir.

Elle bondit à terre en assommant deux créatures au passage, fait volte-face, et en écarte deux autres d'un coup de pied. Puis ses bracelets de force se déploient comme par magie pour recouvrir ses avant-bras : soudain, un poing protégé d'une armure surgit de sa main et attrape par la cheville le dernier extraterrestre en fuite. Elle soulève la créature et la fait lourdement retomber sur le sol. Ses bracelets reprennent leur forme d'origine.

En dépit du filet qui le retient prisonnier et qui continue de lui envoyer des décharges électriques, Thor sourit. Il a reconnu celle qui vient de le sauver.

– Tu... es... une Valkyrie, affirme-t-il d'une voix étranglée par la douleur.

Les Valkyries figurent parmi les guerrières les plus sauvages d'Asgard.

– Je... suis... Thor, fils d'Odin, ajoute-t-il.

– Et en quoi cela devrait-il m'intéresser ? réplique la femme, moqueuse.

– Libère-moi, je t'en prie... pour Asgard. Aide-moi à rentrer chez moi. L'obscurité...

Pourquoi la Valkyrie ne cherche-t-elle pas à me délivrer de mes liens ? s'étonne Thor en essayant de repousser le filet, sans se soucier du courant électrique qui le fait tressaillir.

– Tu n'es plus à Asgard et tu ferais mieux de t'habituer à cette obscurité, conseille la guerrière, méprisante.

Le prince finit par dégager l'un de ses bras et, désespéré, le tend vers la jambe de la Valkyrie. Celle-ci recule vivement avant de lui décocher un bon coup de pied dans la main.

– Tu ne comprends pas... marmonne faiblement Thor.

– Oh, tu te trompes, je comprends parfaitement.

Elle braque sur lui un petit appareil d'où jaillit un disque qui va se ficher dans la poitrine du prince. Puis elle s'empare d'une télécommande et presse un bouton : tout le corps de Thor est parcouru d'une décharge. Jamais il n'a connu une douleur aussi intense. Il se raidit, paralysé.

– Pour… Asgard… répète-t-il pourtant d'une voix rauque, suppliante.

La Valkyrie l'assomme d'un coup de pied dans le crâne et le regarde sans qu'aucune émotion ne soit visible sur son visage. Puis elle charge l'Asgardien sur son vaisseau et s'installe aux commandes.

– Rapport de Scrapper 142, annonce-t-elle dans un micro. J'ai une nouvelle cargaison qui devrait faire plaisir au roi. Dites-lui que je serai bientôt de retour.

Elle éteint sa radio et jette un coup d'œil à Thor, toujours inconscient.

– Bienvenue à Sakaar, fils d'Odin.

Elle remet les moteurs en marche et l'appareil s'élève au-dessus du sol pour se diriger vers une cité qui se découpe dans le lointain.

À Asgard, le Bifrost termine de se désintégrer, tandis que des vrilles obscures commencent à se déverser de l'observatoire. Elles se répandent au-dessus du dôme et tourbillonnent pour former une masse qui prend l'apparence d'une silhouette humanoïde. Les Asgardiens assistent, bouche bée, à ce phénomène, pendant que les Einherjar se rassemblent pour affronter cette mystérieuse menace. Au bout de quelques instants, les ténèbres se dissipent et, à leur place, une femme à l'aspect stupéfiant se dresse au sommet d'un large escalier.

Vêtue d'une armure de cuir et pourvue d'une longue chevelure noire, elle observe de son regard sombre et glacial le royaume qui se déploie devant elle. Le silence tombe sur la foule d'Asgardiens. Tous retiennent leur souffle, attendant qu'elle prenne la parole.

Sa voix retentit enfin, limpide et pleine d'autorité :

– Même si vous avez autrefois pu penser que j'étais un cauchemar ou une légende, je suis bel et bien réelle : je m'appelle Héla, reine de Hel, souveraine du monde souterrain. Il y a très longtemps, Odin et ses guerriers m'ont chassée d'Asgard. Je suis maintenant de retour. Vous n'avez plus de roi. Cependant, ce n'est pas le trône que je convoite, mais la fin d'Asgard. Jadis, mon nom n'était qu'un murmure, une possibilité. On prédisait que certains événements provoqueraient la chute de votre royaume bien-aimé.

Héla s'engage dans l'escalier. Les Einherjar brandissent alors leurs épées, leurs lances et leurs boucliers, prêts à protéger les citoyens d'Asgard.

– Je ne suis ni un murmure ni une possibilité, annonce la reine de Hel d'une voix plus forte, pareille à un orage à l'approche.

Elle se tait un bref instant, et les Asgardiens ont l'impression qu'elle scrute chacune de leurs âmes apeurées.

– Je suis l'inévitabilité.

À ces mots, elle lève les bras, et tous les Einherjar s'effondrent, balayés par des vrilles noires. Les habitants d'Asgard laissent échapper des exclamations paniquées et se mettent à courir de tous côtés, dans le désordre, cherchant à passer au travers du maléfice qui s'est abattu sur leur royaume.

– Fuyez ! Trouvez des abris si vous le voulez, déclare Héla, dont la voix puissante résonne au-dessus du royaume tout entier. Cela n'a aucune importance !

Il lui suffit d'un simple mouvement de la tête pour que des feux s'allument de toutes parts.

– Je suis la souveraine de la Mort, et Asgard est perdue.

CHAPITRE 6

Avec ses couleurs éclatantes et son décor luxueux, la vaste chambre du Grand Maître est aussi unique que son propriétaire.

Du moins, presque.

Installé sur un canapé, le Grand Maître, souverain de Sakaar, sirote une boisson dans un gobelet doré. Autour de lui est rassemblée toute la fine fleur de la société sakaarienne – des courtisans vêtus d'habits d'apparat bariolés et incrustés de pierres précieuses scintillantes.

– Ce breuvage paraît brûlant, mais il est en réalité très rafraîchissant, déclare le Grand Maître. Merveilleux, n'est-ce pas ?

Ses deux servantes hochent docilement la tête, tandis que, dans un coin, une silhouette féminine à l'air maussade lève les yeux au ciel. Les nobles, de leur côté, approuvent avec enthousiasme les paroles de leur roi et font signe aux servantes d'approcher pour goûter à leur tour à cette boisson visiblement hors du commun.

Soudain, à l'entrée de la chambre, un bruit retentit, suivi d'un cri étouffé.

– Était-ce... vraiment nécessaire ? proteste une voix.

La Valkyrie fait son apparition. Derrière elle, Thor avance tant bien que mal, régulièrement électrocuté par le disque planté dans sa poitrine.

Le Grand Maître tape dans ses mains et le silence tombe sur l'assistance. Tous les yeux convergent vers le nouveau venu, maintenant agenouillé au centre de la salle. Le souverain de Sakaar l'observe attentivement.

– Il est un peu dépenaillé, vous ne trouvez pas ? Mais ne nous fions pas aux apparences...

Il se tourne vers la Valkyrie.

– Que m'as-tu apporté ?

– Un combattant, réplique-t-elle avant d'envoyer une autre décharge électrique à Thor, qui se raidit un instant.

– En effet, je vois qu'il a du potentiel, reprend le Grand Maître. C'est du bon travail, Scrapper 142. N'es-tu pas d'accord, Topaze ?

La femme qui se tient dans un coin de la pièce lance un regard glacial à la Valkyrie, sa rivale. Cette dernière lui adresse un petit sourire narquois.

– Ne t'en fais pas, je suis certaine que, bientôt, tu dénicheras toi aussi un combattant digne de ce nom. Du moins si tu décides de te bouger un peu, ajoute-t-elle en marmonnant.

Le Grand Maître agite les mains avec bienveillance.

– Mesdames, je vous en prie, nous sommes dans un lieu de détente et d'amusement.

À quoi bon se quereller ? Gardons les luttes pour l'arène.

– Quelle arène ? intervient Thor, surpris.

– Ce combattant est si naïf ! s'exclame le Grand Maître. C'est un vrai débutant.

– Et j'attends à présent ma récompense, rétorque la Valkyrie, la main tendue.

Le souverain de Sakaar claque des doigts et un serviteur apporte une bourse remplie de pièces.

– Pour celui-ci, je veux le double de la somme habituelle, précise la guerrière. Crois-moi, il en vaut la peine.

Le Grand Maître soupire, puis ordonne à un autre serviteur de remettre une seconde bourse à la Valkyrie.

– Comment peux-tu en être aussi sûre, Scrapper 142 ?

– Tu n'as qu'à le lui demander, répond-elle avant de s'éloigner.

Dès qu'elle quitte la salle, Topaze s'adresse au Grand Maître.

– Pourquoi l'avoir tant payée ? proteste-t-elle. Je vous ai ramené des spécimens de meilleure qualité que celui-ci. On dirait un vulgaire vagabond.

– Du calme, ma chère. Je te préfère à Scrapper 142, tu le sais. Mais si elle affirme que ce combattant est spécial, alors...

– Je ne suis pas un vagabond, l'interrompt Thor en se redressant de toute sa hauteur.

Il s'approche du Grand Maître, qui active à la hâte une télécommande semblable à celle de la Valkyrie. Le corps parcouru d'une décharge, Thor pousse un cri de douleur.

– Il est pénible de porter un disque d'obéissance, j'en ai conscience, explique le souverain. C'est juste une mesure de précaution.

La mâchoire crispée, refusant de montrer à quel point il souffre, Thor parvient à se relever.

– Bon, dites-moi : qui êtes-vous et d'où venez-vous ? reprend le Grand Maître en le scrutant avec curiosité.

– Je suis Thor Odinson, et je viens d'Asgard. Je suis aussi le dieu du Tonnerre, ajoute l'intéressé en bombant fièrement le torse.

– Le dieu du Tonnerre ? Cela me semble prometteur.

Le souverain de Sakaar se tait un instant pour observer ses courtisans, qui s'empressent de hocher la tête.

– Il faut que je voie ça. De quoi es-tu capable, Thor d'Asgard ?

Celui-ci lui lance un regard de défi, lève le bras et ferme les yeux. Des étincelles commencent à se former autour de sa main, jusqu'à ce qu'apparaisse une petite boule de feu que Thor dirige vers le Grand Maître. Mais son poing se met à osciller dans tous les sens et prend pour cible l'une des nobles dames présentes : dès que la boule de feu l'atteint, ses cheveux se dressent légèrement sur sa tête, comme si elle venait de recevoir une faible décharge d'électricité statique.

Stupéfait, Thor examine sa main.

– D'habitude, ça marche mieux. Mais j'ai perdu mon marteau...

– Ce n'est pas la première fois que j'entends ce genre d'excuse, déclare le Grand Maître en gloussant. Malgré tout, avec un peu de préparation, je crois que je pourrai te présenter au public.

– Quel public ? s'étonne Thor.

– Oh, celui qui assiste habituellement au spectacle que j'ai baptisé le Combat des champions, le plus bel événement de toute la galaxie. Je suis le Grand Maître, adoré de tous, organisateur de cette compétition et souverain de Sakaar. Il est toutefois surprenant que tu n'aies jamais entendu parler de ce combat, ajoute-t-il, l'air un peu vexé.

– J'ai été... très occupé, se contente de répondre Thor.

Il craint d'offenser davantage son interlocuteur et de subir un autre choc électrique.

– Quoi qu'il en soit, voici comment les choses sont censées se dérouler, reprend le Grand Maître. Deux adversaires entrent dans l'arène, seul l'un d'entre eux en ressort : le champion. Ce dernier a le droit de formuler n'importe quel vœu et je m'engage à l'exaucer, précise-t-il avec une lueur étrange dans les yeux. En ce moment, le public vient toujours très nombreux en raison de notre imbattable champion. Tu dois absolument le rencontrer.

À ces mots, le Grand Maître éclate de rire.

– Qu'est-ce que je raconte ? Évidemment, tu vas le rencontrer... quelques secondes avant qu'il ne t'écrase comme une mouche. À dire vrai, j'ignore s'il est facile d'écraser un Asgardien. Interrogeons quelqu'un qui s'y connaît mieux que moi...

Il pointe l'index sur un individu qui est en train de se frayer un chemin dans l'assistance. À la vue du prince d'Asgard, le nouveau venu affiche une mine arrogante.

– Mon frère ?! s'exclame Thor. Comment...

– Je suis arrivé à Sakaar de la même manière que toi, je suppose, bien que je n'aie pas été choisi pour mes compétences guerrières, rétorque Loki. Je possède sans doute d'autres talents...

– Vous êtes frères ? s'écrie le Grand Maître, enchanté. C'est merveilleux ! Sans le savoir, j'ai permis à une famille d'être réunie !

– Tu dois me libérer, murmure Thor à Loki. Persuade ce roi de me laisser partir et retournons ensemble à Asgard. Les ténèbres se répandent et...

– Rentrer à Asgard, où personne ne m'apprécie à ma juste valeur ? le coupe son frère. Pas question. Je suis ici à ma place, précise-t-il en s'asseyant sur un canapé.

– Ta place est auprès de ton peuple, le réprimande Thor.

Loki affiche un sourire et, d'un large geste, désigne les courtisans.

– Je suis ici parmi les miens. Si tu souhaites retourner à Asgard, débrouille-toi pour que ce vœu soit exaucé dans l'arène.

– Je suis prêt, annonce Thor.

Le Grand Maître l'examine de haut en bas.

– Euh... pas tout à fait. Topaze, escorte notre combattant jusqu'à ses « appartements », veux-tu ?

Le regard méprisant, la femme s'empare de la télécommande contrôlant le disque d'obéissance et accompagne le prince d'Asgard vers la sortie, en envoyant quelques décharges de temps à autre.

Avec un gémissement, Thor réalise que rentrer chez lui va être beaucoup plus compliqué que prévu...

Quelques instants plus tard, Topaze pousse brutalement Thor dans une caverne située sous la surface de Sakaar, puis en referme l'entrée grâce à des barreaux électrisés.

– Ne cherche même pas à t'évader, déclare une voix depuis le fond de la grotte.

Thor sursaute et comprend qu'il partage sa cellule avec un autre prisonnier. Il scrute la pénombre : une silhouette humanoïde de plus de deux mètres de haut approche. Son corps est composé de rochers empilés.

– Tu es un Kronan, n'est-ce pas ? devine Thor, qui a déjà croisé des membres de cette espèce.

– Oui, je m'appelle Korg. Et toi, tu es un Asgardien. J'ai entendu parler de ton royaume.

– Tu es ici pour affronter le champion, je suppose ?

Korg fait non de la tête.

– J'ai été capturé pendant une révolte contre des chasseurs de prime en quête de combattants. Le Grand Maître en envoie sans cesse sur ma planète. Nombre des miens avaient déjà été enlevés, et aucun n'était jamais revenu. C'est en arrivant ici que j'ai compris : le champion les avait tous tués.

– Tu ne veux pas que ton vœu soit exaucé ? Tu pourrais repartir à Krona.

– Je veux surtout rester en vie. Tant que je serai là, aucun Kronan ne sera tué. Je préfère participer au combat d'ouverture, qui se déroule avant l'affrontement principal. Si tu es futé, tu feras comme moi.

– J'ai la ferme intention de vaincre le champion et de rentrer chez moi.

– Cette créature est invincible, tu sais.

– Vraiment ?! s'exclame Thor, moqueur. C'est parce qu'elle n'a pas encore croisé ma route !

CHAPITRE 7

Cette nuit-là, Thor ne parvient pas à dormir. Il ne cesse de penser au combat qui l'attend face au champion du Grand Maître.

Le lendemain, lui et d'autres prisonniers sont conduits dans une salle d'entraînement attenante à l'arène. Des armes et des armures de toutes sortes sont rangées le long des murs.

Thor aperçoit une silhouette familière.

– Valkyrie ! appelle-t-il.

Celle-ci se tourne vers lui.

– Va trouver le Grand Maître pour lui expliquer qu'il doit absolument me libérer. Mon royaume est en danger !

– Tu es à Sakaar, pas à Asgard, réplique la guerrière. Garde ta belle énergie pour l'arène… même si ça ne t'aidera pas vraiment, puisque tu seras bientôt mort, ajoute-t-elle en s'éloignant.

Thor lève les yeux au ciel. Cette Valkyrie n'est décidément pas très chaleureuse.

À ce moment, une clameur retentit dans l'arène. Une minute plus tard, Korg entre dans la salle d'un pas lourd. Son bouclier est bosselé, mais le Kronan paraît indemne.

– Tu as gagné, apparemment ? demande Thor, impressionné.

– Oui, et c'est pour cette raison que je refuse d'affronter le champion.

Il s'immobilise devant le prince d'Asgard et le dévisage gentiment.

– Je suis désolé de ce qui va t'arriver. Tu mérites un sort meilleur. Bonne chance, mon ami.

Avant que Thor ait le temps de répondre, un extraterrestre trapu, vêtu d'un tablier, s'approche de lui. Il examine l'Asgardien de la tête aux pieds, émet un grognement satisfait, puis sort de sa poche un rasoir. Comprenant ce qui l'attend, Thor lève le poing pour se défendre. Mais deux gardes le retiennent.

– Je vais te préparer pour la lutte à venir, dit l'extraterrestre en lui montrant une chaise.

Bien malgré lui, Thor s'assoit, en lançant sur un ton de défi :

– Je ne recule jamais devant un combat.

Les gradins de l'immense arène octogonale sont remplis de centaines de milliers de spectateurs venus de tous les coins de la galaxie. Au-dessus d'eux, des vaisseaux de formes variées planent dans les airs afin que leurs occupants puissent assister eux aussi aux combats. Si les duels organisés par le Grand Maître sont toujours de belles occasions, aujourd'hui, la foule animée semble savoir qu'une lutte encore plus stimulante que les autres va se dérouler sous leurs yeux : leur champion bien-aimé va affronter un adversaire plus redoutable que d'habitude.

La tribune réservée aux invités de marque est la mieux située de toutes, bénéficiant d'une vue imprenable sur le centre de l'arène. Assis sur un long canapé doré, le Grand Maître fait signe à Loki de prendre place près de lui.

– Il est temps d'offrir au public ce qu'il attend, déclare le souverain de Sakaar.

– Je rêve d'un instant pareil depuis toujours, c'est le moins que je puisse dire ! acquiesce Loki, qui peine à cacher son enthousiasme.

Thor, son frère si arrogant, va enfin être confronté à plus fort que lui.

Au centre de l'arène apparaît soudain un hologramme du Grand Maître, de près de vingt mètres de haut.

– Peuple de Sakaar, voyageurs, amateurs de jeux, soyez les bienvenus au Combat des champions, le spectacle le plus formidable de toute la galaxie ! annonce-t-il, bras tendus.

La foule hurle de joie.

– Vous allez à présent assister à l'attraction principale. Voici d'abord le challenger du titre !

Des acclamations et des huées montent du public.

– Voyons, montrons un peu d'esprit sportif ! s'exclame le Grand Maître. Veuillez accueillir, venu du lointain royaume d'Asgard, un guerrier qui se prétend dieu du Tonnerre : Thor !

Ce dernier émerge de l'ombre. Les cheveux coupés court et la barbe taillée, il a revêtu une armure qui ressemble à son costume asgardien. Deux épées sont accrochées dans son dos, un bouclier usé est sanglé à son bras et il porte une massue dans l'autre main.

À sa vue, la foule exulte. Les gens lancent des paris, en se demandant si ce nouveau concurrent va rester en vie plus de quelques secondes.

– Qu'entre maintenant le champion légendaire, qu'il est désormais inutile de présenter ! reprend le Grand Maître.

Au côté opposé de l'arène, une porte s'ouvre lentement. Malgré le vacarme du public, Thor entend déjà le souffle rauque de son adversaire. Il se coiffe d'un casque et adopte une position de combat.

L'hologramme du Grand Maître désigne la porte d'un large geste.

– Votre champion à tous, que nul n'a encore vaincu et que vous ne vous lassez jamais de voir écraser ses opposants. Le seul, l'unique, l'INCROYABLE...

Un puissant rugissement interrompt le Grand Maître. Sans prévenir, une gigantesque silhouette verte pousse violemment la porte entrebâillée – la démolissant à moitié –, et apparaît sur le seuil. D'une hauteur de près de trois mètres, la créature musclée porte un casque spartiate, une armure qui lui cache une épaule, une hache de bataille dans une main et un énorme marteau dans l'autre.

Le public se lève comme un seul homme, et une clameur assourdissante retentit dans l'arène. Le champion laisse échapper un cri qui semble couvrir ceux de la foule puis frappe le sol de son marteau. L'hologramme du Grand Maître s'estompe, et celui-ci rejoint Loki sur le canapé.

– Il est beau, n'est-ce pas ? dit le roi de Sakaar.

Loki, de son côté, pâlit et essaie de se faire tout petit. Il connaît bien ce « champion », et ce dernier lui en veut...

Au centre du terrain, Thor est de nouveau plein d'espoir. Lui aussi a reconnu le combattant qui se dresse devant lui, mais, à la différence de Loki, il ne le craint pas. Il s'agit en effet de l'un de ses amis : Hulk !

Le prince d'Asgard brandit son marteau et pousse un hurlement de joie. Surpris par sa réaction, les spectateurs se taisent brusquement. Le Grand Maître observe Thor d'un air intrigué.

– Je le connais ! clame Thor, souriant jusqu'aux oreilles. On a travaillé ensemble. Allez, Banner, on va faire équipe et...

En entendant le nom de son alter ego, Hulk rugit et racle le pied contre le sol, comme un animal prêt à charger. Non sans terreur, Thor s'aperçoit qu'il n'y a aucune lueur amicale dans les yeux de son camarade Avenger, seulement de la fureur guerrière. Il décide malgré tout d'insister, convaincu qu'il s'agit d'un malentendu.

– Pas la peine qu'on s'affronte, Banner. Tu te souviens de moi, pas vrai ?

Il écarte les bras – un geste apaisant qui laisse pourtant Hulk indifférent. Celui-ci s'élance en avant et traverse rapidement l'arène en direction de Thor, qui s'empresse de bondir dans les airs pour atterrir de l'autre côté de la créature.

Hulk s'immobilise, puis se retourne.

– Bon, je suppose que raisonner ne servira à rien, marmonne le prince d'Asgard.

Il fait tournoyer sa massue, tandis que son adversaire s'apprête à charger. Alors que le géant se rue sur lui, Thor projette son arme vers le visage de Hulk, qui l'éloigne d'un simple geste avant de lever le poing au-dessus du dieu d'Asgard. Thor bondit sur le côté pour esquiver le coup, évitant de justesse d'être broyé. Il dégaine ses deux épées et se prépare à essuyer un nouvel assaut. Hulk brandit son marteau et l'abat vers le sol. Thor le bloque à l'aide de ses lames. Un fracas métallique résonne à travers l'arène : les

deux épées se brisent, mais leur propriétaire est indemne.

– Ton frère est impressionnant, je dois l'admettre, dit le Grand Maître à Loki.

– Il aime à le répéter, en tout cas, réplique celui-ci, agacé.

Hulk commence à exécuter des moulinets avec son marteau et sa hache, formant un ballet compliqué au-dessus de sa tête. Thor repousse ses épées maintenant inutilisables et recule lentement, en quête d'une tactique. Puis il s'élance vers son rival et bloque le marteau de celui-ci au moyen de son bouclier. L'arme s'échappe de la main de Hulk. Thor lui assène alors un coup de poing dans le bras et, cette fois, le colosse lâche sa hache.

Le prince d'Asgard écarte son opposant du pied, et tous deux s'éloignent l'un de l'autre en roulant sur le sable.

– Hulk ! Nous sommes copains ! crie Thor. Arrêtons ce combat !

À ces mots, la foule se met à huer l'Asgardien et à scander sans répit :

– Le champion ! Le champion !

Hulk baisse la tête et se précipite en avant, pendant que Thor court près du sol dans sa direction. Les deux amis, désormais ennemis, accélèrent l'allure. En arrivant au centre du terrain, le géant bondit dans les airs, les poings brandis. Thor, qui a anticipé cette attaque, saute à son tour pour se retrouver juste au-dessous de son adversaire, et lui lance dans la mâchoire un crochet si puissant que le casque de Hulk est projeté au loin.

Le dieu du Tonnerre fait pleuvoir les coups sur la grosse tête du monstre vert. Celui-ci essaie de riposter à l'aveuglette, mais aucun de ses assauts n'atteint Thor, qui sent Hulk s'affaiblir. Même s'il aimerait arrêter de le cogner ainsi afin de lui faire comprendre qu'ils sont amis, il sait qu'il est obligé de continuer : s'il réussit à vaincre le géant, son vœu sera exaucé, et il pourra rentrer à Asgard.

Soudain, une décharge électrique traverse le corps de Thor, qui s'effondre en se tordant de douleur. Il regarde en direction de la tribune du Grand Maître : celui-ci tient une télécommande à la main.

Il a activé le disque d'obéissance.

Hulk profite aussitôt de la faiblesse de son rival : l'attrapant par les pieds, il le secoue de toute part, le faisant retomber sur le sol. Loki, qui a déjà subi ce genre d'épreuve, réprime un sourire cruel.

Le corps meurtri, ensanglanté, Thor est étendu sur le sable. Incapable de bouger, il voit Hulk se propulser dans les airs, presque aussi haut que les vaisseaux qui planent au-dessus de l'arène. La brute entame sa descente, les poings en avant. À la dernière seconde, Thor parvient à rouler sur le côté, échappant de justesse à une mort certaine.

– Hulk... Banner... rappelle-toi qui tu es vraiment. Nous sommes amis.

Hulk marque une pause.

– Amis ? répète-t-il.

Imité par les spectateurs, le Grand Maître se lève pour applaudir son champion et l'encourager à porter le coup fatal. Mais le géant observe Thor, qui gît sans défense à ses pieds.

– Oui... Hulk et Thor... amis, insiste l'Asgardien d'une voix étranglée, avec l'espoir que Banner le comprenne enfin.

Hulk se baisse et soulève Thor.

– Ami, chuchote-t-il à l'oreille de son adversaire.

Une seconde plus tard, Hulk le jette une dernière fois vers le sol. Thor voit le sable de l'arène se rapprocher à toute allure de son visage, puis sombre dans les ténèbres.

Le bourdonnement sourd qui résonne à ses oreilles ne peut pas être la clameur de la foule, Thor en est convaincu. En revanche, il ignore où il se trouve. Et pendant combien de temps est-il resté sans connaissance ? Il ouvre les yeux, reprenant peu à peu ses esprits, et découvre qu'il est allongé sur un immense et confortable canapé de cuir. Le sol est couvert d'épais tapis, et des rideaux de velours rouge empêchent la lumière du jour d'entrer dans la pièce. Thor parvient à distinguer un grand lit à baldaquin, puis un bassin d'eau bouillonnante dans lequel se prélasse... Hulk ! Ce dernier laisse échapper des gémissements de contentement tandis qu'il détend ses muscles fatigués par le combat.

– Où suis-je ? demande Thor.

– Chez Hulk. Thor ami. Toi te reposer, réplique le géant sur un ton autoritaire.

Comprenant alors que Hulk a en partie retrouvé la mémoire, le prince d'Asgard se sent de nouveau plein d'espoir. Sans qu'il sache comment, son camarade Avenger l'a sauvé d'une mort certaine en évitant de le tuer dans l'arène. Cela signifie aussi que la personnalité du docteur Bruce Banner n'a pas tout à fait disparu de l'esprit du gigantesque champion.

– Merci de m'avoir épargné, reprend Thor. Nous sommes seuls, je suppose ? Puis-je parler à Bruce Banner ?

À ces mots, le géant paraît s'agiter, et il fronce les sourcils.

– Pas de Banner. Seulement Hulk.

Thor devine qu'il vaut mieux ne pas insister pour le moment.

– Entendu. Comment es-tu arrivé à Sakaar ? Et depuis combien de temps es-tu ici ?

Le champion affiche une expression confuse.

– Hulk venir ici dans vaisseau. Hulk se battre. Hulk gagner.

Le découragement envahit Thor. Le vaisseau en question doit être le Quinjet des Avengers, à bord duquel Banner avait embarqué après la bataille de Sokovie. Il avait ensuite désactivé le système de communication de l'engin spatial, et les autres Avengers n'avaient plus jamais entendu parler de lui... jusqu'à aujourd'hui.

– Nous avons essayé de retrouver ta trace afin de te ramener chez toi, explique prudemment Thor.

Mais Hulk ne l'écoute pas. Il se redresse, éclaboussant tout autour de lui, et se hisse hors du bassin. Puis il se sèche et commence à renfiler son armure. Un casque neuf est posé près des armes rangées le long d'un mur.

– Hulk chez lui, maintenant, répond le géant d'une voix résignée.

– Il est encore temps de quitter cet endroit. Nous pouvons repartir ensemble ! Je t'en prie, Hulk, mon monde, Asgard, a besoin de moi. Et tu serais un allié de taille, tu sais.

– Hulk chez lui. Thor ami. Thor rester.

Le dieu du Tonnerre se lève du canapé.

– Dans ce cas, aide-moi au moins à convaincre le Grand Maître de me libérer et je...

Le géant plisse ses yeux verts.

– Thor ami. Thor rester.

D'une pichenette, il repousse le prince d'Asgard sur le canapé.

Alors que Hulk s'apprête à quitter la pièce, Thor lui dit au revoir d'un vague geste de la main.

– Et toi, reste en vie. Même si tu t'es apparemment très bien débrouillé jusque-là, marmonne Thor.

Un instant plus tard, il entend s'élever dans l'arène les acclamations de la foule accueillant son « champion ». Il s'empare d' un fléau d'armes aux pointes acérées et se dirige à son tour vers la porte. Il jette un coup d'œil au-dehors. La voie semble libre. Cependant, dès qu'il essaie de franchir le seuil, une puissante décharge électrique lui traverse le corps et l'envoie rouler à terre.

Incapable de se relever, Thor perd connaissance.

Quand le prince d'Asgard revient à lui, il est de nouveau allongé sur le canapé. Il voit Hulk arpenter la pièce avec impatience.

– Tu mérites des félicitations, je suppose ? demande Thor.

Le géant se dirige vers lui d'un pas lourd et désigne le disque d'obéissance planté dans sa poitrine.

– Thor ami. Ami rester !

– Oui, oui, je sais. « Hulk chez lui », il n'a pas envie de partir, on a déjà eu cette conversation.

Les pensées se bousculent dans l'esprit de l'Asgardien. Il existe un moyen de s'échapper de Sakaar, il en est certain. Son regard se pose sur la porte, et il sourit. *Bien sûr !* pense-t-il, tandis qu'une idée prend forme. La plupart du temps, pour sortir d'un endroit, il suffit d'emprunter l'issue la plus proche...

– Hulk ami de Thor, pas vrai ?

Le géant hoche la tête.

– Dans ce cas, j'aimerais que tu me rendes un service, continue le prince d'Asgard. Il y a ici une personne que j'ai très envie de revoir. Tu pourrais aller la chercher, s'il te plaît ?

– Thor rester ? interroge Hulk, hésitant.

– Oui, Thor rester, promet-il. Tu peux t'absenter sans crainte.

Dès qu'il a donné davantage de détails à Hulk, celui-ci quitte la pièce.

– C'est une plaisanterie ?! s'exclame une voix féminine depuis le seuil de la pièce.

Thor se retourne. La Valkyrie est là ! Hulk entre le premier et va s'affaler sur le grand canapé.

– Thor ami, réplique-t-il en guise d'explication.

– Ce n'est pas le mien, rétorque la guerrière en faisant mine de s'éloigner.

– Attends ! la rappelle Thor. Écoute-moi. Avant de basculer du Bifrost envahi par les ténèbres, j'ai cru voir quelqu'un... une femme. Je l'avais déjà croisée dans mes cauchemars. À présent, je crains qu'elle ne se soit emparée d'Asgard.

La Valkyrie le dévisage d'un air étonné.

– Où est Odin ? Il est censé protéger son royaume, il me semble.

– J'ignore où il se trouve. Mais il n'est plus à Asgard, c'est certain.

Thor s'approche de la guerrière, qu'il saisit par le bras.

– Tu sais quelque chose, n'est-ce pas ?

– Et le fait que *tu* en saches si peu prouve qu'Odin n'a pas su préparer son héritier. Ça signifie aussi qu'il se moque des autres Valkyries après...

Elle s'interrompt brusquement.

– Après quoi ? Si tu ne me dis rien de plus, comment vais-je réparer les erreurs de mon père ?

Un éclair de colère brille dans les yeux de la guerrière.

– C'était *notre* mission ! Odin avait chargé les Valkyries de repousser une menace.

– Laquelle ? demande Thor, impatient de connaître la vérité.

– Héla, crache la Valkyrie avec mépris. La déesse de la mort, souveraine de Hel. Nous l'avons vaillamment combattue, puis une malédiction a été lancée sur elle : tant qu'Odin était sur le trône, elle ne pouvait rien contre Asgard.

– Et par la faute des machinations de Loki, mon père a été détrôné avant d'être envoyé sur Terre, dit le prince en baissant les yeux.

– Héla en a donc profité pour attaquer le royaume, comprend la Valkyrie en tapotant l'épaule de Thor. Je suis désolée : Asgard est perdu, et tu n'y peux rien.

Le guerrier relève la tête.

– Il existe en tout cas un moyen de quitter Sakaar. As-tu une idée de l'endroit où se trouve le vaisseau dans lequel mon ami Hulk est arrivé jusqu'ici ?

– Sûrement dans l'ancienne décharge, située près de la place du marché. Mais ne va pas t'imaginer que je vais te laisser quitter cette pièce.

Un grand sourire aux lèvres, Thor se contente de serrer la Valkyrie dans ses bras, lui arrachant un grognement de dégoût. La guerrière s'écarte brutalement de lui et se dirige vers la sortie. Le prince jette un bref coup d'œil à Hulk, qui s'est assoupi pendant leur conversation et, en silence, lui fait au revoir de la main. Puis il emboîte le pas à la Valkyrie et sort dans le couloir.

La guerrière est abasourdie.

– Comment est-ce... ?

Thor brandit la télécommande du disque d'obéissance qu'il a réussi à lui subtiliser quand il l'a enlacée. Il s'en est servi pour désactiver l'appareil, qu'il arrache maintenant de sa poitrine et glisse dans sa ceinture.

Sans attendre la réaction de la Valkyrie, le prince d'Asgard s'enfuit en courant.

Dans la décharge, des dizaines de vaisseaux rouillés de toutes les formes et de toutes les tailles sont empilés les uns sur les autres. Tout à coup, Thor aperçoit parmi eux un engin poussiéreux, mais familier.

– Je suis tellement content de t'avoir trouvé que je pourrais presque t'embrasser, murmure-t-il en contemplant le Quinjet des Avengers.

C'est dans ce vaisseau que Hulk est arrivé sur cette planète. Thor grimpe dans la cabine de pilotage et s'installe aux commandes. Comment mettre en marche cette machine ? Soudain, une voix résonne dans un haut-parleur :

– Veuillez prononcer le code d'activation.

– Extra ! s'exclame le prince d'Asgard. Bon... essayons : « Les Avengers unissent leurs forces ».

– Désolé, ce code est incorrect, déclare l'ordinateur de bord.

Thor soupire en se demandant ce que Tony Stark a bien pu programmer dans le système. Il fait alors une autre tentative :

– « Tony Stark est un génie ».

– Code d'activation accepté, annonce la voix, tandis que le panneau de commande s'éclaire.

Ravi, Thor tend la main vers la manette permettant de faire démarrer les moteurs, quand il entend un crissement à l'arrière du vaisseau. Hulk, qui a dû le suivre jusqu'ici, est en train d'arracher la coque du Quinjet !

– Thor ami, Thor rester ! rugit le géant.

Avant que le prince puisse répondre, l'ordinateur de bord reprend la parole :

– Reconnaissance vocale : Bruce Banner, Hulk. Récupération de message en cours.

Sur l'écran de contrôle se dessine un visage que Thor identifie aussitôt : c'est Natasha Romanov, surnommée la Veuve Noire. Elle était très amie avec Hulk à l'époque où celui-ci vivait encore sur Terre et combattait aux côtés des Avengers.

– Salut, mon grand, commence-t-elle sur un ton préoccupé. J'ignore où tu te trouves et je ne sais même pas si tu recevras ce message. C'est le cinquième que je t'envoie. Où que tu sois, je me doute que tu dois avoir très peur, tout seul. Mais tout ira bien.

L'espace de quelques secondes, l'écran se brouille, puis la Veuve Noire réapparaît.

– Tu me manques, ajoute-t-elle. Et le soleil va bientôt se coucher...

L'image s'estompe. Intrigué, Thor se tourne alors vers Hulk, qui fixe l'écran, comme hypnotisé. Le géant tend la main vers le panneau de commande. À cet instant, son bras se met à rétrécir, de même que son corps entier.

Lentement, le docteur Bruce Banner reprend sa forme humaine.

Thor se précipice vers son ami et le serre contre lui.

– Natasha avait encodé une formule de transformation dans son message ! comprend le prince d'Asgard. Je regrette de ne pas l'avoir su plus tôt, ça nous aurait évité un douloureux combat. En tout cas, je suis content de te retrouver !

Mais Bruce, sous le choc, repousse Thor et lance des coups d'œil affolés autour de lui.

– Où... suis-je ?

Puis des souvenirs semblent lui revenir en mémoire, car il s'écrie :

– Ultron ! La Sokovie ! Il faut qu'on l'empêche de...

– Doucement, intervient Thor sur un ton apaisant. Ultron a été vaincu. Les Avengers l'ont détruit.

– Quand ça ? demande le docteur, décontenancé.

– Il y a deux ans, répond son ami.

Banner écarquille les yeux.

– Quoi ?! Deux ans ? Ça veut dire que, tout ce temps, Hulk a pris le contrôle de mon esprit, devine-t-il en affichant une mine terrifiée. Quel crime a-t-il commis, au juste ?

– Mieux vaut ne pas entrer dans les détails, réplique Thor. Disons simplement que tu es très populaire sur cette planète, alors essaie de garder ton calme afin de ne pas te transformer de nouveau.

– Et c'est le dieu du Tonnerre qui me donne ce conseil ? rétorque Banner avec nervosité.

Visiblement, il s'efforce de ne pas céder à la panique.

– Bon, tu as un plan ? demande-t-il. Comment allons-nous rentrer chez nous ?

– Ce vaisseau ne nous est plus d'aucune utilité, soupire Thor en désignant le Quinjet, que Hulk a brisé en deux. En revanche, je connais quelqu'un qui pourra peut-être nous aider…

– Ils ont tous les deux disparu ? hurle le Grand Maître en faisant les cent pas.

Je peux comprendre que le blond ait pu te filer entre les doigts, mais comment est-il possible de perdre de vue un monstre vert de deux tonnes ?!

Très embarrassée, la Valkyrie juge préférable de garder le silence.

– Bon, réfléchissons, reprend le souverain de Sakaar. Qu'allons-nous faire... Je sais, organisons un jeu !

– Un jeu ? s'étonne la guerrière. Ce n'est pas vraiment le moment de...

– Une compétition, précise le Grand Maître. Voyons qui pourra les retrouver le premier. Toi ou... le frère de l'Asgardien, ajoute-t-il en posant le regard sur Loki, assis dans un coin.

– Moi ?! s'exclame celui-ci, pris au dépourvu. Pour quelle raison ? Les jeux ne sont pas mon fort.

– Tu connais bien ton frère, et tu sais donc comment il fonctionne, explique le Grand Maître. Du reste, tu aimes l'argent.

Cette dernière remarque pique aussitôt la curiosité de Loki et de la Valkyrie.

– Combien comptes-tu offrir au gagnant ? demande la guerrière.

– Une somme plus importante que toutes celles que tu as déjà touchées. Elle reviendra au premier de vous deux qui retrouvera mon champion. Quant à l'Asgardien, faites ce que vous voudrez de lui. Il m'a causé assez d'ennuis comme ça.

La Valkyrie et Loki se jaugent du regard.

– Qu'attendez-vous pour commencer ? Allez-y ! ordonne le Grand Maître.

Pendant ce temps, Banner fait son possible pour courir à la hauteur de Thor, qui se faufile dans la foule du marché. Le docteur a enfilé des vêtements trouvés dans la soute du Quinjet : une paire de jeans et un tee-shirt, sur lequel est inscrit « Stark est le meilleur ».

De tous côtés, des vendeurs ambulants proposent des marchandises qui célèbrent le champion : des masques de Hulk, des chemises arborant son portrait, et même des poings qui rugissent quand on les frappe l'un contre l'autre.

– Tu es populaire dans cette ville, je t'avais prévenu, explique Thor à son ami.

Au détour d'une rue, ils débouchent au beau milieu d'un défilé et d'une fanfare qui fêtent le champion. Des nuages de poudre verte explosent de tous côtés, et le visage de Banner en est aussitôt recouvert. À moitié aveuglé, il tâche pourtant de contenir sa colère.

– Le soleil va se coucher... marmonne-t-il pour se calmer. Le soleil va bientôt se coucher...

Soudain, il trébuche et perd Thor de vue dans la foule.

– Tu es nouveau à Sakaar, dit une voix derrière lui.

Banner fait volte-face et se retrouve nez à nez avec la Valkyrie.

– Dommage, déclare-t-elle en l'observant de la tête aux pieds. Tu ne survivrais pas plus de cinq secondes dans l'arène.

– Tu te trompes lourdement, réplique Thor en les rejoignant.

– L'arène ? Quelle arène ? interroge alors le docteur, de plus en plus intrigué.

– Valkyrie, je te présente le « champion » du Grand Maître, annonce le prince d'Asgard en pointant le doigt sur Banner.

Stupéfaite, la guerrière examine encore une fois l'homme qui se tient devant elle. Quel rapport peut-il y avoir entre une force de la nature comme Hulk, et cet individu en apparence très ordinaire ?

– Lui ? Il est un peu... malingre, répond-elle en fronçant le nez.

Vexé, Banner redresse les épaules.

– Je préfère le terme « intellectuel », rétorque-t-il.

Thor s'approche de la Valkyrie.

– Je te cherchais.

– Ça tombe bien, moi aussi.

– Et tu as l'intention de nous aider, je l'espère.

– Décidément, tu es tenace, dit-elle avec un sourire ironique. Borné, mais tenace.

Sur ce, la guerrière fait signe à Thor et à Banner de la suivre.

CHAPITRE 10

Thor, Banner et la Valkyrie se frayent un chemin entre les Sakaariens, qui continuent de défiler pour célébrer les triomphes de Hulk.

– Comment avez-vous fait connaissance, tous les deux ? demande le docteur.

– La Valkyrie est une grande guerrière d'Asgard, répond le prince.

– Quand Thor est arrivé à Sakaar, je l'ai capturé pour qu'il t'affronte, ajoute la Valkyrie.

– Nous avons... combattu ?! s'exclame Banner en regardant Thor. Je ne t'ai pas blessé ?

– Pas d'inquiétude, je me remettrai vite, le rassure le prince.

La guerrière sourit, amusée à l'idée que Banner ait tout oublié des actions commises par son avatar.

– Thor a de la chance de t'avoir comme ami, affirme-t-elle. Si tu as remporté tous les duels que tu as disputés, c'est pour une bonne raison.

Mais le docteur paraît déprimé.

– Pourquoi tout le monde adore-t-il autant Hulk ? Qu'ai-je fait pour mériter de tels honneurs ?

– Eh bien, tu as massac... commence la Valkyrie.

Impatient de changer de sujet, Thor l'interrompt.

– Où nous conduis-tu ? lui demande-t-il.

– À mon vaisseau. Le Grand Maître, qui est à votre recherche, m'a promis une généreuse récompense si je vous retrouve. Alors, ne t'avise pas de me casser les pieds, car je peux encore changer d'avis.

– Pourquoi ce revirement ? interroge Thor, curieux.

– Une Valkyrie a pour devoir de protéger Asgard, de Héla, soupire la guerrière. Lors de sa première attaque, j'étais trop jeune et trop naïve, je n'ai pas réussi à lui tenir tête.

– Tu as donc l'intention de rentrer avec moi à Asgard, afin de terminer ce que tu as commencé ? comprend le prince, heureux d'avoir pu enfin rallier la Valkyrie à sa cause.

– Pour l'instant, je t'emmène à Asgard. Ensuite, on verra. Nous voici arrivés.

Elle s'immobilise devant un vaisseau que Thor reconnaît sans peine : c'est celui qu'elle pilotait quand elle l'a capturé. La guerrière fait signe aux deux hommes de la suivre à l'intérieur de la cabine de pilotage.

– Vous allez vous installer près de moi, car il y a déjà un passager à l'arrière, précise-t-elle en désignant un individu ligoté et bâillonné.

C'est Loki. Thor s'empare d'une clé à molette – le premier objet qui lui tombe sous la main – et la jette sur son frère, le visant à la poitrine. Loki laisse échapper un cri étouffé.

– Je voulais m'assurer qu'il s'agissait bien de lui, explique Thor. Il a l'habitude de créer des illusions.

– Et, de mon côté, je voulais être certaine qu'il ne vous retrouverait pas avant moi, ajoute la Valkyrie. Il vous aurait aussitôt livré à ce cinglé de Grand Maître, dont il est devenu le toutou.

– Je constate que tu connais déjà bien mon frère, s'esclaffe l'Asgardien.

– Loki est ici ? s'étonne Banner. Thor, as-tu oublié ce qu'il a provoqué, la dernière fois ?

– Non, et je suis sûr qu'il se rappelle qui a contribué à mettre un terme à sa folle quête. S'il nous pose le moindre problème, n'hésite pas à convoquer Hulk.

À ces mots, Loki blêmit.

Pendant ce temps, la Valkyrie entre des coordonnées dans le système de navigation.

– Le mieux est de faire escale à Xandar afin de nous ravitailler en carburant et en nourriture. Ensuite, en maintenant une vitesse maximale, nous devrions atteindre Asgard d'ici dix-huit mois.

– Quoi ?! s'écrie Thor, catastrophé. Héla en aura sans doute terminé avec Asgard d'ici dix-huit heures !

– Ce vaisseau m'appartient, mais je suis ouverte à toute suggestion, déclare la guerrière en se calant sur son siège, convaincue qu'il n'existe pas de meilleure solution que la sienne.

Thor observe le ciel constellé de trous de ver.

– Nous sommes arrivés à Sakaar en passant par l'un d'eux, commence-t-il. Pourquoi ne pas en repartir de la même façon ?

– Vas-y, dieu du Tonnerre, se moque la Valkyrie. Choisis-en un et je t'expliquerai pourquoi c'est une très mauvaise idée.

Thor désigne alors l'immense trou qui occupe près d'un tiers du ciel.

– Celui-ci est si vaste qu'il nous conduira peut-être où nous le voulons en un temps record.

Bouche bée, la guerrière fixe Thor en silence pendant quelques secondes avant d'éclater de rire.

– Tu t'imagines que je vais traverser ce Magnétar ? Notre vaisseau ne tiendrait pas une minute, et je n'ai pas l'intention de participer à une mission suicide.

Banner s'approche de la vitre du cockpit pour contempler le trou de ver.

– C'est réellement un Magnétar ? interroge-t-il.

– Tu sais ce que c'est ? demande son ami.

– J'ai étudié ce phénomène à l'époque où je préparais mon quatrième doctorat.

– Tu peux donc nous aider à naviguer à travers celui-ci ! s'exclame Thor, radieux. Parfait !

Mais Bruce n'a pas l'air très enthousiaste.

– Je crois que tu n'as pas bien saisi : l'intérieur d'un Magnétar est conçu de telle façon que même une infime quantité de son atmosphère pèse des centaines de millions de tonnes.

Thor le dévisage sans rien comprendre.

– Dans ce cas… commence-t-il.

– C'est un plan irréalisable, conclut la Valkyrie.

– Il doit bien y avoir un moyen, Banner, insiste le dieu d'Asgard.

– En supposant qu'aucun de nous ne s'évanouisse pendant la traversée à cause de la pression, il nous faudrait un vaisseau non seulement capable de supporter l'effet géodétique du trou de ver, mais aussi pourvu d'une sorte de mécanisme de direction assistée qui puisse fonctionner indépendamment de l'ordinateur de bord.

La Valkyrie le scrute avec curiosité.

– Tu as raison, « intellectuel » te va mieux que « malingre ».

– Existe-t-il un engin spatial de ce genre à Sakaar ? demande Thor.

Des grognements étouffés se font soudain entendre à l'arrière du vaisseau. Les trois passagers se tournent vers Loki, qui essaie en vain de prendre la parole. Thor s'approche prudemment de son frère et lui retire son bâillon.

– Enfin ! Merci. Si tu m'avais laissé participer à la conversation plus tôt, je n'aurais pas eu à supporter la leçon de physique du docteur Banner.

Le prince d'Asgard fait mine de vouloir le bâillonner de nouveau.

– Toutes mes excuses, reprend Loki. Il est normal d'être un peu irritable quand on est retenu contre son gré à l'arrière d'un vaisseau.

– Tu as une solution à nous proposer ? réplique Thor, agacé.

– Durant mon séjour, le Grand Maître m'a invité à visiter son palais. Il possède une collection de navires spatiaux parmi les plus sophistiqués de la galaxie. Je peux te conduire jusqu'à l'endroit où ils sont garés.

Après quelques secondes d'hésitation, le dieu du Tonnerre le détache. Puis il se tourne vers la Valkyrie.

– Pendant que Loki et moi cherchons un vaisseau, il serait peut-être bon d'opérer une diversion, conseille-t-il.

– Je m'en occupe, répond la guerrière.

Dès que les deux Asgardiens ont débarqué, elle décolle pour se diriger vers l'arène.

– Ne t'avise pas de me trahir, compris, Loki ? prévient Thor.

– Tu peux me faire confiance, mon frère. J'ai la situation en main.

Un moment plus tard, le vaisseau de la Valkyrie atterrit au milieu de l'arène.

– Que comptes-tu faire ? l'interroge Banner.

– À ta place, je me préoccuperais plutôt de garder forme humaine, rétorque la guerrière, amusée. Les Sakaariens adorent peut-être leur champion, mais les autres guerriers ne seraient sans doute pas aussi ravis de revoir leur rival.

Pendant que la Valkyrie descend de l'appareil et met hors d'état de nuire deux gardes postés devant une caverne, le docteur reste dans le cockpit. Au bout d'un instant, il entend un rugissement collectif. La guerrière émerge brusquement de la grotte, suivie de dizaines de combattants qu'elle vient de délivrer.

Tandis que la Valkyrie rejoint Bruce dans le vaisseau, qui s'élève aussitôt au-dessus de l'arène, les rebelles s'emparent d'armes. Korg, le Kronan, a pris la tête des opérations. La guerrière presse alors un bouton et sa voix retentit jusqu'aux combattants :

– Le dieu du Tonnerre te passe le bonjour, Korg ! lance-t-elle.

Puis son vaisseau s'éloigne de l'arène avant que l'émeute n'éclate.

– Quelqu'un peut-il m'expliquer comment les choses ont pu en arriver là ? demande le Grand Maître, en regardant par les vitres de son immense vaisseau.

Les scènes qui se déroulent en contrebas ont de quoi l'affoler : ses meilleurs guerriers, destinés à participer à son Combat des champions, se sont révoltés et dévastent à présent la cité, détruisant tout ce qui arbore le portrait de Hulk.

Un garde s'approche du souverain de Sakaar.

– D'après nos informations, Scrapper 142 a libéré les prisonniers.

Derrière le roi, Topaze laisse échapper une exclamation de mépris.

– Vous n'auriez pas dû lui faire confiance, je vous avais prévenu, déclare-t-elle avec arrogance.

– Du calme, réplique le Grand Maître. À quoi bon ces petites jalousies ? Ce qu'il nous faut, c'est un plan. J'offre une semaine de salaire supplémentaire à quiconque me suggérera une idée efficace !

Sur ce, il s'assoit dans un fauteuil de pilote et contemple sa cité en partie détruite. Bientôt, quelques navires de guerre viennent se placer autour de son appareil.

En contrebas, Korg lève les yeux vers l'homme qui a causé la mort de tant de Kronans. L'heure de la vengeance est enfin arrivée. Dans un cri de bataille, il ordonne aux autres rebelles de prendre pour cible le vaisseau du Grand Maître. Ses camarades s'empressent de le viser de leurs armes et de le bombarder de toutes sortes de projectiles.

– Alors, ce plan, ça vient ? s'impatiente le Grand Maître, de plus en plus nerveux.

Thor et Loki se faufilent en silence dans les couloirs du palais.

– Comment comptes-tu t'y prendre, au juste ? chuchote le premier.

– Patience, cher frère. Nous devons d'abord nous débarrasser de ces gardes qui nous bloquent le passage, précise Loki en pointant le doigt devant lui.

Les fils d'Odin n'ont aucun mal à désarmer les soldats et à les assommer.

– Quand nous aurons atteint notre destination, nous aideras-tu à libérer Asgard de l'emprise de Héla ? interroge Thor. Je peux compter sur toi ?

– Évidemment. Après tout, je suis responsable de son retour, reconnaît son frère, penaud. Mais pour quelle raison as-tu changé d'avis et décidé de devenir Odinson ?

– Si pour anéantir Héla, il faut que je monte sur le trône, alors je n'ai pas d'autre choix, soupire le prince. Par le passé, j'ai voulu m'emparer du pouvoir sans l'avoir mérité, puis je l'ai refusé quand Asgard a vraiment eu besoin de moi. De ton côté, tu as pris le pouvoir de force. À deux reprises.

– Et pourtant, contrairement à moi, tu as toujours été pardonné, fait observer Loki, un sourire railleur aux lèvres.

– Ce que je cherche à te dire, c'est que notre conflit égoïste a mis notre royaume en danger. Et si un jour je deviens roi d'Asgard, je veux être considéré comme un protecteur, pas comme un conquérant.

– Pourquoi te dévoiles-tu ainsi à moi ? s'étonne Loki.

– Parce que j'ai envie de changer. D'être meilleur. Et je crois que tu en es capable, toi aussi.

Thor le dévisage avec sérieux.

– Prends un nouveau départ, mon frère, insiste-t-il. Il en est encore temps.

Le Grand Maître ne sait plus quoi faire. Jamais il n'aurait cru qu'un jour pareil puisse arriver. Tout ce pour quoi il a travaillé est en train de disparaître sous ses yeux. Il se penche vers un microphone relié à un haut-parleur, et s'adresse aux rebelles qui continuent de piller sa cité :

– Si vous m'obligez à vous tuer, je n'aurai plus aucun participant à présenter lors des combats de la semaine prochaine ! se plaint-il. Un compromis est-il envisageable ? Korg, tâche de raisonner tes camarades !

Le Grand Maître s'affale de nouveau sur son fauteuil.

En guise de réponse, Korg soulève des deux mains le chariot d'un vendeur ambulant rempli de drapeaux à l'effigie de Hulk et le propulse vers le vaisseau du roi de Sakaar.

Celui-ci pousse un long soupir.

– Bon, tant pis pour la raison, marmonne-t-il.

Il lance un ordre à un soldat posté devant le centre de contrôle.

Aussitôt, les tourelles du vaisseau pivotent vers le bas et commencent à cracher un produit chimique sous forme gazeuse en direction des rebelles. Korg se couvre le visage et fait signe à ses compagnons de trouver des abris.

CHAPITRE 12

Les fils d'Odin finissent par atteindre le garage du Grand Maître, une immense salle remplie de vaisseaux venus de tous les coins de la galaxie. Thor commence à les examiner un à un.

– Si je peux te donner un conseil, la limousine personnelle du Grand Maître est remarquable, affirme Loki. C'est dans ce véhicule qu'il m'a fait visiter sa cité le jour de mon arrivée sur Sakaar.

– Je ne pense pas que Banner cherche une voiture de luxe, réplique son frère.

– Dommage, j'aurais bien aimé en posséder une.

– Je crois que cet engin fera mieux l'affaire, annonce Thor en s'immobilisant devant un splendide vaisseau.

Il n'en a jamais vu de pareil. Solide, doté de lignes élégantes, l'appareil est à l'évidence à la pointe de la technologie. Le panneau de commande du cockpit semble être l'un des plus sophistiqués qui soit, plus encore que tout ceux que Tony Stark a déjà conçu.

– Ah, le *Commodore* ! s'exclame Loki. Tu as bon goût, mon frère. C'est la dernière acquisition du Grand Maître.

– C'est la nôtre, maintenant. Viens, Valkyrie doit nous attendre.

Thor et Loki embarquent à la hâte à bord de l'appareil, tandis que la clameur de l'émeute s'élève à l'extérieur du palais.

Le *Commodore* apparaît dans le lointain.

– Loki n'a pas menti : le Grand Maître possède de beaux vaisseaux, constate la Valkyrie avec une pointe d'envie dans la voix.

– Justement, en voici un autre, annonce Banner en désignant un navire de guerre à l'approche.

– Je l'avais déjà repéré. J'attendais simplement qu'il soit à portée de tir, précise la guerrière en visant l'appareil.

Celui-ci explose immédiatement.

– Frimeuse, réplique le docteur.

Il est pourtant impressionné par l'habileté de la Valkyrie.

Un haut-parleur grésille, et la voix de Thor se fait entendre :

– *Commodore* à Valkyrie, tu me reçois ?

– Parfaitement. Il te suffit de voler un vaisseau pour que tu t'exprimes déjà comme un vrai pilote ! s'exclame-t-elle avec un sourire d'approbation.

– Ta petite « diversion » s'est transformée en chaos total, remarque le prince d'Asgard.

– Et j'en suis très fière, assure la guerrière avec satisfaction. C'est réussi, n'est-ce pas ?

– Je ne crois pas que je choisirais ce terme, étant donné qu'un autre combat nous attend à Asgard. Si ça ne t'ennuie pas, j'aimerais filer d'ici au plus vite. Banner, ce vaisseau parviendra-t-il à franchir le Magnétar ?

– Il me paraît solide, répond le docteur. Mais il me faut l'examiner de plus près afin de déterminer si...

La Valkyrie l'interrompt pour s'adresser à Thor :

– Sais-tu comment on ouvre les portes de ta soute ?

– Je crois, oui.

– Dans ce cas, prépare-toi à intercepter Banner, explique-t-elle avant de se tourner vers ce dernier. Je veux m'assurer que nous survivrons à ce projet insensé. Va jeter un coup d'œil au *Commodore.*

Tout en faisant pivoter son engin, elle presse un bouton : le docteur est aussitôt éjecté du vaisseau de la Valkyrie. Il chute dans les airs en poussant un hurlement de terreur. À la dernière seconde, les portes du *Commodore* s'ouvrent sous lui et, sans savoir comment, il atterrit dans un confortable fauteuil.

– Une atmosphère intérieure stabilisante et antigravité, commente le docteur, heureux d'être encore en vie. Ce vaisseau est décidément sophistiqué.

– Peux-tu maintenant étudier le reste de notre équipement ? s'impatiente Thor.

Pendant que Banner se penche vers le panneau de commande afin d'étudier la conception de l'appareil, le prince d'Asgard observe le vaisseau de la Valkyrie qui se faufile adroitement entre les navires de guerre sakaariens.

– Ça devrait fonctionner, finit par affirmer Bruce. Du moins, en théorie.

– Valkyrie, prépare-toi à nous rejoindre, prévient Thor dans son micro.

– Accorde-moi quelques instants de plus, dit la guerrière. J'ai un dernier compte à régler.

Lançant un coup d'œil vers l'arrière du *Commodore*, Bruce aperçoit Loki.

– Il est encore avec nous ? s'étonne-t-il.

– Chose surprenante, il s'est très bien comporté, affirme Thor. Il redoute probablement la réapparition de notre ami vert.

Soudain, le guerrier voit la Valkyrie diriger son vaisseau droit sur celui du Grand Maître.

– Que fait-elle ? s'écrie-t-il. Elle est complètement folle !

En guise de réponse, les moteurs propulsent l'appareil à une vitesse incroyable vers l'immense vaisseau. Quelques secondes plus tard, les deux engins entrent en collision et provoquent une terrible explosion.

– Non ! hurle Thor, horrifié.

Pourquoi la Valkyrie s'est-elle ainsi sacrifiée ? Qu'avait-elle en tête ?

– Regarde ! s'exclame alors Bruce, le doigt tendu vers le ciel.

Une petite silhouette descend dans leur direction en tournoyant dans les airs à une vitesse ahurissante. La Valkyrie ! Thor soupire, soulagé.

La jeune femme atterrit, pieds joints, sur la vitre du *Commodore.*

– Vous avez de la place pour une passagère ? demande-t-elle avec espièglerie.

Le prince d'Asgard s'empresse d'ouvrir les portes de la soute, et la Valkyrie monte à bord.

– Pousse-toi, dieu du Tonnerre, ordonne-t-elle. Le *Commodore* a maintenant besoin d'un vrai pilote.

Sans discuter, Thor lui laisse sa place aux commandes.

– Je suis née pour diriger un vaisseau comme celui-ci ! déclare-t-elle avec un sourire. Cramponnez-vous, les gars !

Elle fait vrombir les moteurs afin d'atteindre la vitesse maximale. Quelques navires de guerre les prennent en chasse, et la Valkyrie évite leurs tirs avec dextérité. Puis ils abandonnent la poursuite dès qu'ils s'aperçoivent que le *Commodore* gagne de l'altitude et file droit vers le Magnétar.

À mesure qu'il se rapproche du trou de ver, de plus en plus de débris tournoient alentour. Devant Thor et ses compagnons, des éclairs éblouissants zèbrent l'atmosphère, tandis que des orages éclatent de tous côtés. Mais la Valkyrie esquive habilement les projectiles que le Magnétar déverse.

– Nous avons encore le temps de rebrousser chemin ! Des volontaires ? interroge la guerrière. Personne ? Dans ce cas, bouclez vos ceintures, ça risque de secouer !

L'espace d'un instant, Thor croise le regard de Banner, aussi déterminé que le sien, avant de lancer :

– Pour Asgard !

La Valkyrie se tourne vers lui, et tous deux se fixent pendant quelques secondes. La jeune femme lui adresse alors un signe de tête.

Thor contemple le trou de vers qui se déploie devant eux, et se prépare mentalement aux épreuves qui les attendent, ses amis et lui : la traversée du Magnétar, puis la bataille qu'il leur faudra mener une fois qu'ils auront regagné Asgard.

Le dieu du Tonnerre se sent prêt à affronter Héla.

Et, surtout, à monter sur le trône.

Alors que le *Commodore* s'engouffre dans l'immense trou de ver, Thor esquisse un sourire.

Il va enfin rentrer chez lui.

FIN

RETROUVE LES SUPER-HÉROS
LES PLUS IMPRESSIONNANTS
EN BIBLIOTHÈQUE VERTE

MARVEL

POUR TOUT SAVOIR SUR TES HÉROS PRÉFÉRÉS, FONCE SUR LE SITE
WWW.BIBLIOTHEQUE-VERTE.COM

The Avengers

Thor

Captain America, First Avenger

Iron Man

Iron Man 2

MARVEL

Iron Man 3

Thor, Le Monde des Ténèbres

Captain America, Le Soldat de l'Hiver